RÉAMHRÁ

I bhFóchoill, Ceathrú Mhór Leacan, Béal an Átha, Contae Mhaigh Eo, a rugadh Mícheál Mac Ruairí (1860–1936). Gaeilgeoir ó dhúchas a bhí ann, mar ba í an Ghaeilge a bhí le cloisteáil aige ón gcliabhán aníos.

Sárscéalaí a bhí ann, ach ní raibh radharc na súl aige mar ba mhaith leis. Mar gheall air sin, ba dhoiligh dó scéal ar bith a chur ar phár.

Tógadh leac chuimhneacháin ar Mhícheál ina áit dúchais i 1986 agus is as an mbeart sin a tháinig an smaoineamh go mba chóir a scríbhinní a chur faoi bhráid an phobail athuair.

I mbliana reáchtálfar an chéad Éigse Mhic Ruairí i bhFóchoill, agus sin an phríomhchúis atá leis an leabhar seo a chur i gcló. Beartaíodh an saothar a chur os comhair an phobail faoi chulaith Ghaeilge an lae inniu ach le háilleacht agus maisiúlacht fhíor-Ghaeilge ghlan Mhaigh Eo mar a tháinig sí ina sruth ó Mhícheál na blianta ó shin.

Táimid an-bhuíoch dá iníon, Bríd, de Sheosamh Laoide, de Uilliam Soirtéal agus de dhaoine mar iad a chuir scéalta Mhíchíl i scríbhinn. D'fhág siad oidhreacht shaibhir againn, mar is iad scríbhinní Mhíchíl na samplaí is fearr atá ar fáil den Ghaelachas a mhair i bparóiste Leacan i dtús an fhichiú haois. Táimid buíoch de Phádraig de Barra as an téacs a chóiriú agus a chaighdeánú, agus de Mhicheál Ó Conghaile, ceann Chló Iar-Chonnachta, as an leabhar a fhoilsiú.

Pádraig Ó Láimhín
(Coiste Éigse Mhic Ruairí)

Iúil 1992

BROLLACH AN CHÉAD EAGRÁIN

Scéal fada seanchaíochta atá á chur amach sa leabhar seo. Más áil, iomorra, a fhios a fháil cá has agus cé uaidh a bhfuarthas é agus conas mar a cuireadh i scríbhinn: Mícheál Mac Ruairí, "an file as Contae Mhaigh Eo" (dar leis féin), a chuala ag na seanfhondúirí é ina cheantar féin agus, ar theacht dó a chónaí i gCualainn Laighean, thug leis é ó thús go deireadh, agus níorbh ionadh dó sin, óir níl uair dá dtugadh sé i dteach a athar agus a mháthar nach "ag cur cluaise air féin" a bhíodh sé agus é ag éisteacht leis an dream úd lenar ghnách a dteanga dhúchais a spreagadh agus a bhású in éineacht, .i. b'éigean dóibh féin í a labhairt lena chéile ó tharla nach raibh a malairt acu, ach níor lú orthu an sioc ná leanbh fir nó mná dá gcuid féin a bheith á canadh. Ar mbeith do Mhícheál Mac Ruairí i gCualainn dá éis sin, tharla lá go raibh ag cur chun craobh an Oireachtais i dtaobh scéalaíochta, agus d'iarr ar Uilliam Soirtéal ó Bhaile Átha Cliath an scéal seo agus scéalta nach é a chur síos ina comhair. Rinne an Soirtéalach amhlaidh agus is í sin tucaid an chló seo.

Tá mórchuid focal sa scéal seo nár míníodh riamh go dtí seo. Chúnaigh an scéalaí féin liom sa ghnó seo, agus ba mhaith an mhaise dó é. Mura mbeadh eisean, ba bheag i ngléas air, óir na focail seo atáim

9

a lua ní chantar inniu iad i ndeisceart Chonnacht, ní áirím Mumhain nó Ulaidh, ar mhodh go bhfuil daoine ann a deir nach focail dáiríre iad ar chor ar bith ach cumadóireacht éigin a rinne "Méarthóg Ghoill" lena aghaidh féin. Ach is meallta atá siad. Deir Seán Mac Éinrí, lia, gur chuir sé faisnéis fúthu ar sheanfhondúirí Chontae Shligigh i gcaoi go bhfuair lánbheo acu iad agus an míniú céanna tugtha acu orthu as a ngustal féin.

Ní beag sin mar chruthú uaim nach easpa focal a ghoillfeas ar léitheoir an scéil seo.

Seosamh Laoide

(Arna chaighdeánú)

10

SCÉAL AR MHAC MIC IASCAIRE BUÍ LUIMNIGH

Sa seansaol, an-fhada siar, bhí mórán daoine ina gcónaí a chois farraige agus iad ag baint a mbeatha as cnuas na farraige; mar b'fhearr an tslí bheatha a bhainfí den fharraige ná den talamh, mar bhí na tithe tanaiste agus an-fhada ó chéile.

Bhí go maith agus ní raibh go dona. Timpeall is an tráth a bhfuil mé ag trácht faoi, mhair an t-iascaire seo agus chaith sé an chuid is mó dá shaol ag iascaireacht ar an bhfarraige mhór, agus i rith an ama sin is iomaí oíche anróiteach a chaith sé ar an bhfarraige le anfa, dailtean agus coscairt, le dócúl iomartha agus easpa bia.

Nuair a tháinig sé in aois d'fhág sé a athair agus phós sé bean, agus mar bhí sé ina bhádóir tórmhaireach glic bhí togha agus rogha ógmhná na tíre le fáil aige; agus – de réir mar a dúirt an scéal – phós sé an cailín ab fhearr a thaitin leis agus ba mhó a raibh gean aige uirthi.

Le scéal gearr a dhéanamh den scéal fada, ní raibh aon lánúin a chois cladaigh ba mhó a raibh spéis ag na daoine iontu ná sa lánúin seo, mar bhí fear an tí ina threoraí d'iomlán na mbádóirí a chois cuain.

Bhí téagar agus carthanas idir an lánúin seo, mar nár dhúirt siad sea ná ní hea go searbh riamh lena chéile, agus bhí ádh agus amhtar orthu, agus gach uile ní acu ar a gcomhairle féin ach amháin easpa clainne, mar bhí siad pósta os cionn fiche bliain agus níor tháinig aon duine ar a sliocht; ach mar sin féin níor chothaigh sin aon mhístainc eatarthu.

Bhí go maith agus ní raibh go dona. Bhí an lánúin treallúsach críonna, agus iad ag cosaint beagáinín i gcónaí le haghaidh na coise tinne, mar bhí a fhios acu go dtiocfadh an lá a n-imeodh bláth na hóige agus snua na maitheasa díobh, agus mheas siad go bhfóirfeadh an ciste a bhí siad a bhailiú an tráth a bheadh a gcnámha ag seargadh agus a n-ailt ag stroncadh le aois; ach ar a shon sin níor theip an bádóir ar a chuid oibre a fhad is a bhí sé in ann buille rámha a tharraingt, nó an liagán a ardú, nó dul eangaí a thabhairt; ach, mar a dúirt an seanfhocal, "téann ar gach ní ach ar ghlóir fhlaitheas," agus ba é a fhearacht sin leis-sean é, mar dá mhéad a urrús agus a fhearúlacht, a thuiscint cinn agus a mheabhair intinne, chuaigh ar gach ní acu sin de réir mar a chuaigh mo chréatúr in aois, agus níor mhór dó an ciste a bhailigh sé i dtús a óige nó, mar a dúirt an seanrá, mura mbí sé agat duit féin beidh tú fann lag agus claon amuigh leis an ngréin; agus bheadh an bádóir seo amuigh leis an ngréin dá mbeadh sé rachmallach i dtús a óige.

D'fhóir an ciste dó, agus d'fhan sé i mbun a chosa nó go raibh sé beagnach caite ag an lánúin, agus nuair a bhí, b'éigean dó tosú ag iascaireacht i ndeireadh a shaoil; agus is iomaí oíche a chaith sé ar an bhfarraige agus gan lann éisc a thiontú; agus dá bharr sin bhí an lánúin i gcruachás agus imní orthu go bhfaigheadh siad ocras.

Sa tráth seo bhí a chuid eangach stiallta ó chéile le gairfean agus gargaint na dtonntracha, agus b'éigean do mo chréatúr an tsnáthaid eangaí agus a cheirtlín barraigh a fháil agus tosú ar áit na mbonn agus na heangacha a dheasú.

Nuair a bhí deis aige orthu chuir sé isteach iad ina churachán snámha, agus le linn smál na hoíche i Mí Mheáin an Fhómhair d'iomair sé amach go dtí banc an éisc. Chaith sé dul eangaí, agus tar éis uair nó dhó thosaigh sé ag bordú, agus de réir mar a bhí sé ag bordú bhí sé ag banránacht lena intinn féin, mar nach raibh dubh ná dath ina chuid eangach ach stopóga agus slata mara; agus nuair a bhí siad bordaithe aige thug sé a aghaidh ar an gcuan, agus nuair a bhí an bád faoi iomramh thug sé faoi deara fad a sheanradhairc uaidh long faoi sheolta agus í ag gearradh claise sa bhfarraige le méid a luais agus an snámh a bhí fúithi.

Scanraigh mo chréatúr, mar bhí mearbhall air gur bád sí a bhí ann, agus d'iomair sé ar a lándícheall le leac an bháid a bhaint amach sula mbéarfadh an long sí air, ach ní raibh sé a fhad agus a bheifeá ag rá "Dia raisias" go dtáinig an long i bhfoisceacht fad maide rámha dó, agus nuair a tháinig stad sé de iomramh agus bhreathnaigh sé an long go géar, agus ní raibh aon duine ar bord loinge ach cailín óg, agus níl léamh ná insint scéil ar a breáichte. Chuir sí forrán ar an mbádóir agus d'fhiafraigh sí de an raibh mórán éisc marbh aige.

"Muise, a bhanríon ríúil," ar seisean, "níl; agus, ós duit atá mé á insint, níor mharaigh mé ball éisc le seachtain, agus tá mé bocht anróiteach lag claon agus gan slí sa domhan mhór agam le greim bia a fháil, ach ag feitheamh ar chabhair na farraige – agus tá an chabhair sin de dhíth orm le seal gearr."

"Mo thrua thú, a dhuine chóir," ar sise, "mar is cruachásach do scéal, ach b'fhéidir go mbeinn in ann cúnamh agus cuidiú a thabhairt duit má tá tú sochomhairleach."

"A ríon álainn chumhra," ar seisean, "ní raibh mé dochomhairleach riamh, agus glacfaidh mé comhairle mo leasa uaitse, mar aithním i d'aghaidh go bhfuil tú dáiríre."

"Tá tú pósta?" ar sise.

"Tá," ar seisean.

"Agus níl aon chlann agaibh?"

"Go deimhin, níl," ar seisean.

"Agus, an measann tú, an mbeidh?" ar sise.

"Tá mé dearfa de nach mbeidh," ar seisean, "mar tá ár gcos ar bhruach na huaighe, agus ó tharla nach raibh sliocht clainne againn i dtús ár n-óige is rud in aghaidh na nádúire a bheith ag feitheamh leo anois."

"Anois, a dhuine chóir," ar sise, "éist liomsa; trí ráithe ón oíche anocht, gan lá chuige ná uaidh, béarfar leanbh fir duitse, agus má thugann tú chugamsa é anseo i gcothrom trí ráithe ó anocht bhéarfaidh mise lucht do bháid d'ór duit ar a shon. Sin í mo chomhairle anois; glac í agus ní bheidh aiféala ort."

Leis sin chrom sí fúithi sa long agus thóg sí spaigín ina láimh agus chaith sí an spaigín isteach i mbád an iascaire.

"Tabhair leat abhaile é sin," ar sise, "agus fóirfidh sé duit as seo go dtí sin. Slán leat anois," ar sise, "mar níor thráth dá fhaillí é."

Chrom sé faoi sa mbád agus rug sé ar an spaigín ina láimh, agus nuair a d'ardaigh sé a cheann le buíochas a ghlacadh léi bhí an long éalaithe as a radharc.

Ní dhearna sé aon taithí ach tarraingt ar an gcuan, agus tharraing sé a bhád faoi fhoscadh agus abhaile leis ar bhuille boise. Nuair a bhuail sé isteach d'fhiafraigh a bhean de an raibh mórán éisc leis.

"Is é an scéal céanna é, a ghrá," ar seisean, "mar nár mharaigh mé aon bhall éisc i rith na hoíche, ach murar mharaigh féin," ar seisean, "caithfimid tíocht i dtír gan é."

Nuair a bhain sé de a chuid éadaigh, a bhí fliuch ag gargaint na toinne, shuigh sé ar a shaoisleog, a bhí a chois na tine ag clúid an bhaic, agus nuair a shuigh chuir sé scol gáire as, agus dhearc a bhean air in aon chlár amháin, agus sular leag sí na foraíocha ar a chéile, "Cad é fáth do gháire?" ar sise.

"Fáth maith," ar seisean, "mar tá spaigín óir anseo agam, agus seo duit anois é, a ghrá, agus comhair é, agus a chomhuain is a bheas tú á chomhaireamh, tá dea-bhriathra nua agam le n-insint duit."

"Fáilte roimh an éadáil," ar sise, "agus is é beatha an scéil!"

Rug sí ar an spaigín agus thosaigh sí ag cuntas an airgid, agus a chomhuain is a bhí sise ag comhaireamh ní dheachaigh cosc ar a bhéalsan nó gur inis sé di focal ar fhocal de chomhrá bhanríon na loinge, agus nuair a bhí deireadh lena bhriathra scairt a bhean ag gáire, agus ar sise, "Go mba slán an scéal!"

Bhí go maith agus ní raibh go dona. Níor thug sí mórán airde ar a chomhrá, mar bhí mearbhall uirthi go mb'fhéidir gur bhain banríon na loinge leis na brilleoga léin; ach ar a shon sin de d'fhóir tairbhe an spaigín dóibh, mar bhí siad in ann gach ní a d'fhóir do sheal tí a cheannach; agus – leis an scéal a ghiorrachan – níor tharraing fear an tí buille rámha ná níor thug sé dul eangaí ón oíche sin go dtí cothrom na hoíche réamhráite agus, go díreach mar a déarfá é, rugadh leanbh fir dó ar an oíche sin timpeall is an meán oíche, agus sa tráth céanna bhí tairbhe an spaigín beagnach caite, agus mar bhí gannchuid tabhartais aige b'áin leis comhairle bhanríon na loinge a chomhalladh; agus tar éis an gogaire naíonáin a chlúdach sa bpluideog rug sé ar an naíonán idir a dhá láimh agus thosaigh sé á iongabháil ar a bhacán, agus a chomhuain is a bhí an gogaire gnóthach ag déanamh an cheapaire cneadaí den bhean thinn d'éalaigh seisean amach i ngan fhios di, agus as go bráth leis chun an chladaigh.

Nuair a shroich sé an cladach sháigh sé amach an bád, agus shín sé an naíonán ar an naprún deiridh agus d'iomair sé ar a lándícheall, agus deirimse leatsa nár iomramh go dtí é. Nuair a shroich sé banc an éisc bhí an long faoi ancaire roimhe agus an bhanríon ina seasamh glandíreach i lár báire bhord na loinge, agus bhí fallaing óir bhuí uirthi ó bhearradh go diúra agus aimléis óir ó uaithne a cinn go dtí íochtar a sála. Bhí a pampútaí ar dhath an airgid, ag dealramh go soilsiúil mar thine ghealáin, agus a déad ag tabhairt lóchrainn ar feadh míle ina thimpeall agus, maidir lena folt, bhí sé trilsithe ina thrilseáin agus iad ina nduail ó chaol a droma go dtí rúitín a cosa.

Leis an anamhóir a tháinig air i dtaobh an radhairc a chonaic sé níor fhéad sé huth ná hath a rá, agus sháraigh sé air ball dá cholainn a chorraí, ach ar deireadh thiar fuair sé réidh an achair beag, agus go díreach nuair a bhí sé ag brath forrán a chur uirthi labhair sise, agus dúirt, "Céad míle fáilte romhat! Is fear de d'fhocal thú, ach feictear dom go bhfuil scáfaireacht ort romham. Ná bíodh fuacht ná faitíos ort, a dhuine chóir, mar ní le dola a dhéanamh duit a tháinig mise anseo; ach, mo chuimhne, an dtug tú an naíonán leat?"

"I nDomhnach," ar seisean, "a bhanríon ríúil, thugas, d'ainneoin go gcránn sé mo chroí scarúint leis; ach, a ghrá, scarann bochtanas téagar agus nádúir ó chéile go minic, agus a fhearacht sin liomsa anois."

"A dhuine chóir," ar sise, "tá a fhios agam gur

deacair leat scarúint leis, ach dá mbeadh fios mo rúin-se agat ní chuirfeá gruaim i do mhalaí faoina thabhairt domsa, agus ó tharla nach tráth dá fhaillí é – mar tá sé riachtanach agamsa mo long a chur faoi shnámh – seachaid dom an naíonán, agus uair bochtanais ná anró ní bhfaighidh tú go bráth.''

Sheachaid sé an naíonán di, agus nuair a rug sí air idir a dhá láimh chuir sí scol gáire aisti, agus cluineadh macalla an gháire ar fud na tíre.

Ar an móiméid, ní dhearna sí dubh ná dath ach tosú uirthi i lomláthair ag carnadh óir ina bhád nó raibh sí luchtaithe go dtí an clár béil, agus ansin ar sise, ''An bhfuil tú sásta?''

''Och, muise, tá,'' ar seisean, ''agus mura mbeinn, ba fear doshásta a bheadh ionam.''

''Is maith liom,'' ar sise, ''go bhfuil ár gcoinníoll comhlíonta eadrainn gan ábhar clamhsáin ag ceachtar againn. Imigh abhaile anois,'' ar sise, ''agus bíodh muinín agat asamsa mar mháthair altrama cheart chneasta fheiliúnach go deo na ndeor.''

Shuigh sé ar an gclorda agus thosaigh sé ag cúlú le tosach an bháid a thabhairt ar an tír, agus tar éis sin a dhéanamh thóg sé a cheann le buíochas a ghlacadh léi – agus nuair a thóg bhí an long éalaithe gan fios a tuairisce.

Leis an scéal a ghiorrachan, bhain sé an cladach amach, agus bhí obair dheacrach aige lucht a bháid a iompar abhaile, ach, mar a dúirt an seanfhocal, ''thug sé leis é beagán ar bheagán, mar a d'ith an cat

18

an meascán," agus nuair a bhí sé ina ghróigín aige i
gceartlár an urláir bhí lúcháir ar an lánúin i dtaobh
mhéid an ghróigín óir, agus deir siad nuair a tháinig
an t-ór isteach ar an doras go ndeachaigh an cumha
a bhí i ndiaidh an naíonáin amach ar an bpoll deat-
aigh agus, gan bréag a dhéanamh, bhí an lánúin as
sin amach ar sheol na braiche, mar bhí togha agus
rogha gach uile ní ní b'fhearr ná a chéile acu, agus
maidir le sult agus slamairt, ní raibh a sárú le fáil.
Ní insíonn an bhailchríoch a cuireadh ar an lánúin,
mar caithfimid a dhul ar an bhfarraige mhór agus
leanúint den scéal, mar is faoin bhanríon agus an
mac altrama atá an scéal as seo amach.

Deirtear nuair a fuair sí an naíonán faoina cúram
go dtug sí aire choimhéadach dó, agus an borradh
nach ndéanfadh sé san oíche dhéanfadh sé sa lá é,
agus níl léamh ar an bhfás a bhí faoi, mar deirtear
go raibh sé chomh toirtiúil le fear nuair a bhí sé in
aois a chúig bliana déag. Ní raibh aon duine ar an
long ach ise agus eisean, agus ní raibh eolas ar a
threibh aige ná ar aon duine a bhain dó, mar nach
bhfaca sé ní ar bith ach an fharraige mhór agus
tréithe glice na hógmhná; agus le seacht bhfocail a
chur in aon fhocal amháin, ní raibh aon intlíocht a
d'fhóir do fhear nár chuir sí in iúl dó, agus nuair a
bhí sé in aois a bhliain is fiche bhí gach uile thréith-
ríocht, intlíocht agus ealaín de ghlanmheabhair aige;
agus maidir le ealaíonta níorbh fhéidir a shárú.

19

Bhí go maith! I rith na bliana is fiche ní dheach-
aigh támh ar a súil, ach í an chuid is mó dá ham ag
an liagán, á oibriú deiseal agus tuathal, agus, go dír-
each mar a déarfá é, nuair a tháinig seisean in aois
tháinig tromchodladh uirthi agus dúirt sí leis-sean
aire a thabhairt don liagán nó go bhfaigheadh sí támh
codlata, mar bhí sí ina chall. Ní túisce a bhí na briath-
ra ráite ná shuigh sé ar an gcrannóg agus rug sé ar
an liagán, agus níl léamh ná insint scéil ar an snámh
a chuir sé faoin long, mar bhí sí ag imeacht chomh
lúfar le sinneán gaoithe Márta, agus an ghaoth a bhí
roimpi bhí sí ag teacht suas léi, agus an ghaoth a bhí
ina diaidh d'fhág sí na mílte ar deireadh í le méid a
siúil agus a seoil. Nuair a b'fhacthas dó go raibh sé
ag dul ar aghaidh go han-mhaith d'éirigh sé den
chrannóg agus shiúil sé siar agus aniar ar fhad na
loinge agus bhuail sé isteach sa ngrianán a raibh sise
ina codladh ann le insint di gur chuir sé snámh thar
barr faoin long agus gan deifir a bheith uirthi a thí-
ocht amach, mar bhí sé in ann aire a thabhairt don
long feasta; agus nuair a chuaigh sé isteach bhí sí
ina codladh agus fallaing óir á folach.

Bhí sé á breathnú ar feadh tamaill, agus níor mhaith
leis a dúiseacht, agus le chomh cumhra agus a bhí a
haghaidh chrom sé a cheann agus bhain sé póg di,
agus ar an móiméid a bhain d'éirigh sí aniar agus
dhearc sí de aon chlár amháin air, agus ar sise, "Tá
críoch le mo chuid geasa anois, agus caithfidh mise
agus tusa scarúint ó chéile, agus cránn sé mé im-

eacht uait, mar nach dtig liom fanúint, agus, a ghrá, níl árach air; agus sula n-imí mé, tá sé riachtanach agam a insint duit cé mé féin. Mise Gruthbhán na Mara, iníon an Mhongánaigh Fiach, atá faoi gheasa le naoi gcéad déag bliain, agus ní raibh i ndán fuascailt dom nó go bhfaighinn póg ón mbéal nár phóg aon bhéal riamh, agus dá bhpógfaí tusa an oíche a rugadh thú bhí brí na haraide imithe agus ní bheifeá in ann mise a fhuascailt; agus, a charaid, is iomaí naíonán a fuair mé ó am go ham agus ní raibh aon fheidhm iontu dom, mar pógadh iad sula bhfuair mise iad, agus sa gcéad phóg atá an t-amhtar. Is cóir dom a insint duit cad é thú féin agus an treibh ar shíolraigh tú uathu," agus thosaigh sí ag insint dó mar atá inste agamsa, agus nuair a bhí deireadh lena briathra shiúil an dís ar fhad na loinge.

"Agus anois," ar sise, "caithfidh mé imeacht uait, agus sula n-imím bronnfaidh mé an long ort, agus fágfaidh mé bua agat nach múchfar agus nach mbáfar go deo thú. Déan as duit féin anois," ar sise, "agus b'fhéidir go bhfeicfeá mise arís – ach, a ghrá, níl ann ach b'fhéidir."

Leis sin d'éirigh sí sa spéir ina colm chomh geal le eala ar bhruach na toinne, agus ar leagan do shúl bhí sí imithe as a radharc, agus nuair a bhí mo chréatúr ina aonraic tháinig laige bheo air, i riocht gur dhiúltaigh a chosa do mheáchan a cholainne, agus b'éigean dó suí faoi nó go bhfuair sé réidh an achair ón anamhóir a bhí air, agus nuair a fuair sé fóirithin

d'éirigh sé ina sheasamh agus shiúil sé anonn agus
anall ar bhord na loinge, agus ar seisean, "Is cuma
liom mo bheo nó mo mharbh, agus ní fhanfaidh mé
móiméid eile sa long seo; ó tharla nach féidir mo
bhá, beidh a fhios agam go luath agus go tapa cad é
an cineál áite íochtar na farraige," agus ar thiontú do
láimhe léim sé isteach sa bhfarraige agus chuaigh
sé den léim sin go dtí an t-íochtar; agus nuair a bhuail
sé a dhá bhonn in aghaidh an ghrinnill shiúil sé leis,
agus le chomh haoibhinn agus a bhí gach ní a d'fheic-
eadh sé rinne sé dearmad a thíocht in uachtar nó gur
shiúil sé mórchuid den fharraige mhór; agus tar éis
é scaitheamh dá shaol a chaitheamh ag taisteal na
farraige bhí sé an tráth seo ag brath ar thíocht in
uachtar agus, go díreach mar a déarfá é, nuair a bhí
sé ag brath ar é féin a ardú thug sé rud eicínt faoi
deara a mba mhaith leis fios a fháil cad é an cineál
ruda a bhí ann, agus nuair a shiúil sé chomh fada
leis, cad é a bhí os comhair a dhá shúil? Muise, bhí
seangán, seabhac agus mathúin, agus spóla feola
eatarthu agus iad ag troid le chéile faoin spóla, mar
bhí gach ceann acu ag tabhairt iarrachta é a bheith
aige féin; agus dá mhéad urrús an mhathúna ní raibh
sé in ann an fheoil a bheith aige ar a chomhairle
féin, agus dá bhrí sin bhí clampar eatarthu, mar dá
laghad an seabhac bhí sé gangaideach, agus, cúrsaí
an tseangáin, bhí urchóid ina gha.

Sheas mo ghiolla tamall ag faire ar an bhfadrúsc-
adh a bhí eatarthu, agus arraingeacha ina thaobh le

22

méid a chuid gáirí; agus ar deireadh thiar rug sé ar
an spóla ina láimh, agus thosaigh an mathúin ag faire
air as deireadh a shúile. Bhí an seabhac ar dhroim
an mhathúna, agus níor bhain sé a dhá shúil de, agus
shuigh an seangán ar a chorraghiob, agus b'fhac-
thas don ghiolla go raibh radharc a dhá shúil ag dul
tríd mar bharr na snáthaide. Bhí scian ag an ngiolla
agus rinne sé trí chuid den spóla, ag tabhairt an chuid
ba mhó don mhathúin, an darna cuid ba toirtiúla
don tseabhac agus an chuidín ba lú don tseangán,
mar ba é an gaiscíoch ba lú goile é.

Tar éis é sin a dhéanamh, b'fhacthas dó go raibh
siad sásta lena roinn agus, i gceann an méid sin, go
ndearna sé eadarascán eatarthu. Ina dhiaidh sin thug
sé cúl a dhá chois dóibh agus d'imigh sé ar aghaidh.

Nuair a bhí sé tamaillín beag imithe, labhair an
seangán agus ar seisean, "Is dona fuarthas sinn nár
thug buíochas ná luach saothair d'fhear na ranna,
mar tá gach aon duine againn sásta i gceann é ár
gclampar a chosc."

"Muise, dheamhan bréag agat," arsa an mathúin,
"agus mo ghrá thú, a sheabhaic," ar seisean, "lean é
i mbarr na bhfáscaí agus tabhair chugainn é."

Ní túisce a dúradh ná rinneadh, mar d'eitil an
seabhac agus thug sé ar ais mo ghiolla.

Ba é an mathúin a thionscain na briathra, agus ar
seisean, "Ó tharla go ndearna tú eadarascáin, tugaim-
se bua duit – gur féidir leat, am ar bith a thogrós tú
é, thú féin a chumadh i gcumraíocht mathúna, agus

23

nach bhfuil, agus ní bheidh, mathúin ar dhroim uach-
tair na talúna nach mbeidh tú in ann a chur faoi lár,
is é sin, uair ar bith a bheas dréim acu leat".

"Tugaimse bua duit," arsa an seabhac, "go dtig
leat seabhac a dhéanamh díot féin am ar bith is toil
leat, agus go mbeidh tú in ann eiteal ar fhad na
ríochta gan scríste."

"A mhic mo chroí," arsa an seangán, "ó thada gur
agamsa atá an treas crann, tugaimse mar bhua duit
an t-am is mó a bheas tú i gcruóg, i ngéibheann nó i
ngábh gur féidir leat seangán a dhéanamh díot féin
ar leagan do shúl, agus ar ndóigh tig leat a dhul i
bhfolach idir siúntaí na gcláraí má thigeann ort. Sula
n-imí tú anois is cóir dúinn a insint duit i mbriathra
gearra beagán faoinár dtréithe i dtús ár n-óige. Is
triúr fathach sinne agus bhíomar fearúil, colgach,
cróga agus righin i gCath Thailteann, agus dá mhéad
ár gcalmacht cliseadh orainn, agus tá sinn mar a
fheiceanns tú sinn ón tráth sin go dtí an lá inniu;
agus, a mhic mo chroí, níl a fhios againn cá fhad
eile a bheas sinn anseo. Anois, ní thig liom níos mó
a insint duit, ach tuigfidh tú as, agus fóirfidh na trí
bhua duit lá níos faide ná an lá inniu, mar níl agat
ach a rá mar seo, 'Ba mhaith liom a bheith i mo
sheabhac, i mo sheangán nó i mo mhathúin,' agus
ní túisce a bheas na briathra ráite ná beidh tú cum-
tha ar chuma ceachtair againn."

Leis an scéal a ghiorrachan, ghlac Mac Mic Iasc-
aire Buí Luimnigh buíochas leo agus ar thiontú an

tsoip, "Ba mhaith liom," ar seisean, "a bheith i mo sheabhac," agus ní túisce a bhí ráite ná bhí déanta, agus d'éirigh sé in uachtar na farraige, agus nuair a d'éirigh chuimhnigh sé ar an long a thréig sé tamall an-fhada roimhe sin, agus d'éirigh sé in airde sa spéir agus thosaigh sé ag eiteal ar a lándícheall, théinte go bhfeicfeadh sé an long faoi dhá chúrsa le gargaint na toinne, ach níor fhéad sé a feiceáil in áit ar bith, agus dá bharr sin bhain sé a shúil di agus d'fhág sé an fharraige agus d'eitil sé ar fud na réigiún nó gur fhág sé cuid mhór den tír ina dhiaidh.

Bhí go maith agus ní raibh go holc. Le linn choineascar na hoíche bhí brath aige tuirlingt i gcoill uaiféalta leis an oíche a chur thairis ansin, agus thug sé faoi deara san am chéanna ros mór ar a aghaidh; agus d'eitil sé os cionn an rois, agus nuair a bhí sé timpeall is i lár báire an rois thug sé faoi deara cúirt bhreá aoibhinn i lúb na coille, agus d'eitil sé thart timpeall na cúirte; agus nuair a d'eitil chonaic sé an bhean uasal ba fhíorbhreáichte dár leag sé súil riamh uirthi ina suí ar chathaoir óir taobh istigh den fhuinneog. Thuirling sé ar ghiall na fuinneoige ar bhuille boise agus thosaigh sé ag cluichearnacht a sciathán, agus nuair a chuala sí an chluichearnacht thóg sí a ceann; agus nuair a thug sí faoi deara gur seabhac a bhí ann d'ardaigh sí an fhuinneog agus shín sí uaithi a dhá láimh agus rug sí ar mo gheocach idir a dhá láimh agus, ar ndóigh, thosaigh sí á pheataireacht agus á shlíocadh ina hucht; agus a fhad is a

bhí sí á shlíocadh thosaigh an seabhac ag crónán-
acht, agus as an gcrónán thosaigh sé ar cheathrú amh-
ráin:

Is trua gan mé i m'úillín,
  Nó i m' nóinín beag éigin,
Nó i m' rós insa ngairdín
  Mar a ngnáthaíonn tú i d'aonar,
Mar shúil is go mbuainfeá liom
  Géagáinín éigin
Do bheadh agat i d' dheasláimh
  Nó i do bhrollach geal gléigeal.

I nDomhnach, a chomhuain is a bhí an seabhac
ag gabháil na ceathrún thosaigh an bhean uasal ag
teitheadh, mar bhí a fhios aici go mba tuar teite di
é, agus chaith sí an seabhac as a hucht agus thug sí
áladh ar an gcomhla lena oscailt; agus sular éirigh
léi sin a dhéanamh bhí seisean athraithe ó sheabhac
ina chuma féin, agus ar seisean de aon phléasc, "A
iníon an Mhongánaigh Fiach, ná bíodh faitíos ort
romhamsa," agus nuair a chuala sí na briathra sin
dhearc sí thar a gualainn, agus cad é a bhí ina sheas-
amh ar a cúl ach an fear a shaor í ó na geasa a bhí
uirthi an seal fada a bhí sí ar an bhfarraige; mar ba
'in í an bhanríon a bhí ar an long, mar atá ráite cheana
féin agam; agus nuair a d'aithin sí é chuir sí a dhá
láimh timpeall a mhuiníl agus mhúch sí le deora é,
fhliuch sí le póga é agus thriomaigh sí le brata síoda

agus sróil é; agus threoraigh sí go dtí cathaoir óir é agus shuigh sí féin ar chathaoir airgid.

Tar éis iad suí go sócúlach thosaíodar ag caoinchomhrá, agus gach aon duine acu ag trácht ar a n-eachtra féin ó scar siad le chéile, agus nuair a bhí brí a mbriathra tuigthe ag a chéile, go díreach mar a déarfá é chuala siad béicíl taobh amuigh de bhalla na gabhna, agus phreab seisean ina sheasamh agus tar éis preabadh, "Cé fáth na béicíle sin?" ar seisean.

"Och, muise, a ghrá," ar sise, "ós duitse atá mé á insint, is maith is eol domsa an bhéicíl sin; mar tá mé anseo ó scar mé leatsa agus tá mé faoi shlám draíochta ag an bhfathach ar leis an caisleán seo; agus is é an fathach is urrúnta agus is cumhachtúla dá bhfuil le fáil, agus tigeann sé gach uile thráthnóna le coineascar an hoíche. Nuair a thigeann sé isteach croitheann torann a choiscéimeanna creatlacha na cúirte le méid a mheáchain agus a thoirte colainne agus, a ghrá, má bhíonn múisiam feirge air lúbann sé an maide mullaigh agus cuireann sé staon i mbinn na cúirte; agus mar sin féin," ar sise, "tá aoibhneas amháin agamsa i dtaobh a chuid feirge, agus is é sin nach féidir leis a thíocht thar ghiall an dorais; agus tá cathaoir na hachainí aige ag an tairseach, suíonn sé inti, agus tá sé chomh hard agus go mbíonn barr a chinn níos airde ná an fardoras nuair a bhíonn sé ina shuí; agus ó suíonn sé sa gcathaoir nó go n-éirí sé aisti is é iomlán a bhriathra ar an bhfad sin ag iarraidh mise a bhladar lena chluainíocht chiúin fhealltach: ag iarraidh an chluain a chur ormsa théinte go dtabharfainn geallúint phósta dó. Mar, a ghrá, sin a bhfuil uaidh, agus is sin rud nach ndéanfaidh mé go sáraí an saol mé, mar dá ngeallfainn dó go bpósfainn é bheadh na geasa briste agus thiocfadh leis a thíocht i mo sheomra uair ar bith ba toil leis."

Labhair seisean agus dúirt, "An bhfuil slí nó caoi ar bith le fáil a chuirfeadh crapall air i riocht go lagófaí a cholainn agus go gcloífí a urrús agus a chur ar lár ar bhuille boise?"

"Níl," ar sise, "agus faraor géar casta cráite nach bhfuil, mar, a ghrá, tá mearbhall orm nach bhfuil a bheatha ar iompar leis; agus dá dtiocfadh liom a bhladar i riocht go n-inseodh sé dom cá bhfuil a bheatha faoi fhoscadh aige, b'fhéidir ansin go mbeadh sinn in ann dobheart a bhualadh air agus a chnámha místuama gránna a chur faoin scraith, ach anois," ar sise, "ní tráth cainte dom feasta é, mar beidh sé anseo ar áit na mbonn agus mura mbí tusa in ann a dhul i bhfolach tá faitíos m'anama orm go gcuirfidh sé do bholadh, agus má chuireann is tuar teite duit é, mar leagfaidh sé an teach ar ár gcionn."

"Ná bíodh imní ar bith ort fúmsa," ar seisean, "mar tá mé in ann déanamh as dom féin, agus nuair a thiocfaidh sé isteach lig ort féin go bhfuil cion agus gean agat air agus b'fhéidir go ligfeadh sé a rún leat, agus má ligeann, mise an buachaillín a shocrós Samhain agus Bealtaine leis!"

Ní túisce a bhí an méid sin ráite ná cluineadh a

ghlór, agus ar bhuille boise chum Mac Mic Iascaire
Buí Luimnigh é féin i gcumraíocht seangáin agus
chuaigh sé i bhfolach idir na siúntaí, agus leis sin
tháinig an fathach mór go dtí giall an dorais – agus
bhí coipeadh cúir lena bhéal – agus ar seisean os
ard, "Fud, fad, féasóg: faighim boladh an Éireann-
aigh bhréagaigh bhradaigh. Bíodh sé saolach nó
marbh, láidir nó lag, beidh a cholainn mar dheoladh
agamsa anocht!"

A fhad is a bhí sé ag stolladh na mbriathra seo as
bhí sise ina seasamh os comhair an dorais agus a
rosc ag dealramh mar lonradh na gréine agus fríd
an gháire ina dhá pluic, agus ar sise de aon phléasc
amháin, "A chumainn na gcumann agus a stóir mo
chroí, tá dímhearbhall ort i dtaobh thú a rá gur chuir
tú boladh Éireannaigh, mar is sin rud nach raibh,
nach bhfuil agus nach mbeidh; ach, a ghrá, ós duit-
se atá mé á insint, d'eitil seabhac trasna na sráide
timpeall is uair ó shin agus bhí cnámh leis idir a
dhá chrúb agus é ag teitheadh ón iorlach mór; agus
nuair a tháinig air go tobann b'éigean dó i lár a chru-
óige an cnámh a ligint le fána, agus thit sé sa ngabh-
na, agus is sin é an boladh a fuair tú, i leaba boladh
Éireannaigh".

Tar éis na mbriathra sin shámh sé, agus dhearc sé
go géar ina haghaidh agus ar seisean, "Creidim thú
mar, ar m'uachta duit, níl mé ag déidearbhú ar do
chuid briathra," agus ar thiontú an tsoip shuigh sé
ina chathaoir mar ba ghnách dó, agus dheasaigh sise

a cathaoir féin i ngar don doras agus ar ndóigh shuigh
sí ar a sócúl; agus thosaigh seisean ar an seanscéal
ar ais, is é sin, ag fiafraí di cá fhaide nó go dtabhar-
fadh sí geallúint phósta dó.

"Muise, a ghrá," ar sise, "is minic a bhí brath agam
sin a dhéanamh, agus thosóinn ag smaoineamh ar
ais go mb'fhéidir nach mbeinn thar leathbhliain pós-
ta agat nó go dtiocfadh gaiscíoch cumhachtach eic-
ínt a mharódh thú, agus ansin bheinn i mo bhain-
treach; agus dá dhonacht dá bhfuil mé faoi láthair
bheinn níba mheasa dá mba rud é go n-éireodh an
míthapa sin duit."

Leis sin chúb seisean é féin sa gcathaoir agus
chuir sé scol gáire as a chuir crith talúna faoi bhun
na cúirte, agus ar seisean de mhaol a mháige, "Sin
rud nach mbeidh go deo na ndeor, mar nach bhfuil
mo bheatha ar iompar liom, agus dá bhrí sin ní féid-
ir truisle ná leagaint a bhaint asam, mar tig liom éalú
ó bhuille claímh mar a éalaíonns ga gréine den bhalla
an tráth a fholaíonns néal an ghrian; agus ó tharla
go bhfuil tú ag brath ar do ghean a thabhairt dom tá
sé riachtanach agam a insint duit an áit a bhfuil mo
bheatha cosanta."

Tar éis na mbriathra sin dúirt sé léi siúl go dtí an
fhuinneog. Shiúil, agus ar seisean, "An bhfeiceann
tú an crann mór daraí atá ag fás i lár na gabhna?"

"Feicim," ar sise.

"Dearbhaím duit," ar seisean, "gur i gceartlár chroí
an chrainn sin atá mo bheatha, agus tá an crann sin

ag fás ansin le linn mo sheacht sinsear agus níl síon
ná dailtean a shéid riamh in ann feancadh a bhaint
as; nó go ngearrtar an crann agus go ndóitear ina
luaithreamhán é níl neach beo in ann mise a lot. Tá
mé á insint seo duit faoi rún, mar tá mé cinnte de go
gcoinneoidh tú an rún. Anois," ar seisean, "níl aon
fhaill cainte agam leat feasta, mar tá sé thar am agam
a bheith ag imeacht, agus tá súil agam nuair a fhill-
feas mé tráthnóna amárach go dtabharfaidh tú do
lámh is d'fhocal dom i gceann geallúint phósta."

"Ní thig liom sin a rá," ar sise, "go bhfille tú ar
ais, agus nuair a thiocfas tú beidh caint agus comh-
rá againn agus má thaitníonn do thréithe agus do
chuid bealaí liom b'fhéidir go mbeadh fáinne cum-
ainn eadrainn."

Bhí go maith. D'imigh seisean, agus ní túisce a
bhí cúl a dhá chois tugtha don tseomra ná d'éirigh
an seangán as na siúntaí agus rinne sé seabhac de
féin agus thosaigh sé ag eiteal ar fhad agus leithead
an tseomra.

Shuigh sise ina cathaoir airgid ag faire ar ábhaill-
íocht an tseabhaic, agus nuair a bhí sé beagnach sár-
aithe chúb sé a chuid sciathán agus thit sé anuas ar
ghualainn na mná óige; agus nuair a thit shín sí a
lámh le breith air, agus mar a bhuailfeá do dhá bhois
faoi chéile bhí sé cumtha i gcumraíocht fir agus é
ina sheasamh lena hais.

"Ara, a ghrá," ar sise, "ar chuala tú seanchas an
fhathaigh ghránna?"

31

"I nDomhnach, chuala mé, agus cad as nach gcluinfinn? Mar bhí mé chomh gar dó agus a bhí tú féin."

"Sílim anois," ar sise, "go bhfuil eolas agam ar shlí a mharfa; agus ar maidin amárach," ar sise, "gheobhaidh mé treathar agus ithillear agus gearrfaidh mé an crann; agus, a ghrá," ar sise, "beidh sé ina luaithreamhán agam le linn smál na hoíche!"

Labhair seisean léi tar éis na mbriathra sin: "A chailín mo chroí, ná bí chomh díchéillí sin, mar is sin galóg a d'inis sé duit, do d'fhéachaint go bhfeicfeadh sé an bhfuil cion agat air, agus seo í mo chomhairlese duit i dtaobh an chrainn. Amárach téirigh amach agus tabhair uisce agus grafán leat. Tosaigh ort agus scríob an caonach den chrann, agus nigh agus sciúr é i gceann an méid sin, mar nuair a thiocfas sé abhaile tráthnóna amárach bhéarfaidh sé an chéad súil ar an gcrann, agus nuair a fheicfeas sé gur chuir tú iarghnó ort féin ag glanadh an chrainn agus ag cosaint a bheatha taitneoidh sé sin go mór leis, mar beidh sé lánchinnte go bhfuil tú marbh le grá air, agus rachaidh mise i mbannaí go n-inseoidh sé duit ar an bpointe boise an áit a bhfuil a bheatha te teolaí faoi fhoscadh aige!"

Tar éis an ghearrchomhrá seo, labhair sise agus dúirt, "I nDomhnach, is ciallmhar í do chomhairle, agus ach beag do chomhairle dhéanfainnse míthapa nach n-éireodh liom, agus anois," ar sise, "i ndeireadh na cainte tá sé in am againn blas bia a fháil," agus ar thiontú an tsoip tharraing sí slaitín draíochta

as a póca agus lúb sí an tslat i riocht gur bhuail sí a
dhá ceann faoi chéile, agus ar leagan do shúl léim
an tslat as a láimh agus thit sí ar an urlár, agus nuair
a thit, ar chasadh do láimhe bhí bord bia agus dí leag-
tha faoin dís chomh breá agus a leagadh faoi bhan-
ríon nó rí riamh. Bhí ithe agus ól, sult agus sásamh
acu ina gcuid bia, mar bhí fiche cineál aráin ar leith
agus bhí blas na meala ar gach aon ghreim agus ní
raibh dhá ghreim de aon bhlas. Chuidigh an lánúin
le chéile, mar bhí siad ag túnadh agus ag síorthún-
adh an bhia agus na dí ar a chéile a fhad is a bhí siad
i gcionn a mbéile bia, agus nuair a bhí siad subhach
sách leag gach aon duine acu a gceann tharstu agus
bhí suan beag codlata acu as sin go maidin.

Bhí go maith. Ní túisce a gheal an mhaidin ná
rinne seisean seabhac de féin, agus ar seisean léi,
"Rachaidh mise amach go mbreathnaí mé thart tim-
peall na háite, agus ní thiocfaidh mé ar ais go dtí le
linn an chlapsholais, ach cogar," ar seisean, "mo
ghrá thú agus ná déan dearmad i dtaobh an chrainn
a ní".

"Ó, ní dhéanfad," ar sise. "Ná bíodh imní ar bith
ort faoi."

Leis sin, d'imigh seisean leis mar a bhuailfeá ar
an gcluais é, agus seal gearr ina dhiaidh sin, nuair a
d'éirigh an lá os a gcionn, chuaigh sise amach agus
scríob sí, nigh sí agus sciúr sí an crann, agus d'fhol-
aigh sí na craobha a bhí íseal le ceirteoga bána a bhí
déanta de scoth na hanairte.

Bhí go maith agus ní raibh go dona. Leis an scéal a ghiorrachan, nuair a tháinig an fathach abhaile tráthnóna ní dhearna sé dearmad gan breathnú ar an gcrann den chéad taca, agus a fhad is a bhí sé ag breathnú an chrainn tháinig an seabhac abhaile, agus d'ardaigh sise an fhuinneog nó gur lig sí isteach é; agus chaith an fathach uair go leith ag breathnú ar an gcrann agus ag siúl thart ina thimpeall, agus dheamhan coiscéim dá dtugadh sé nach mbuailfeadh sé a dhá bhois faoi chéile, i gceann é a bheith ag gáirí os ard le méid a bhróid i dtaobh an chrainn a bheith glanta ón seanchaonach liath a bhí ag fás air le cuimhne na ndaoine; ach nuair a shásaigh sé a intinn ag faire ar an gcrann shiúil sé roimhe nó go dtáinig sé go dtí doras na cúirte, agus thosaigh sé ag glaoch uirthi a thíocht ina araicis agus maithiúnas a thabhairt dó mar gheall ar ghalóg de bhréag a insint i riocht gur chuir sé iarghnó uirthi i dtaobh ghlanadh an chrainn.

Níor thug sí fáir ná freagra air nó go dtáinig sé go dtí cathaoir na hachainí. Shuigh sé inti agus dheasaigh sise a cathaoir féin i ngar don doras. Bhí an seangán, ar ndóigh, i bhfolach, agus tar éis an bheirt acu suí go sócúlach, eisean an chéad duine a labhair.

"Tá aiféala orm, a ghrá," ar seisean, " faoi rá is gur chuir mé iarghnó ort, ach ní raibh mé ach do d'fhéachaint go bhfeicfinn an raibh suim agat ionam. Tuigim anois go soiléartha go bhfuil," ar seisean, "agus maith dom i dtaobh an bhréag a insint aréir, ach tá mé ag dul ag déanamh maith in aghaidh an oilc anois, is é sin le rá, go n-inseoidh mé clár na fírinne duit. Ní sa gcrann sin atá mo bheatha ach sa Domhan Thoir, mar tá mathúin sa tír sin a bhfuil air trí cloigne, agus is sa gcloigeann láir atá mo bheatha-sa; mar i lár a innchine tá spras fola clogtha chomh crua le inneoin ceárta agus níl baol báis domsa nó go mbuailtear an spras fola sin ar an mball dobhráin atá faoi m'ascaill dheas; agus anois, a ghrá," ar seisean, "níl aon ábhar faitíosa agat i dtaobh mise a phósadh, mar nach bhfuil aon cheathaire ná aon dómhra ar dhroim uachtair na talúna in ann an mathúin sin a lot."

Labhair sise ansin agus dúirt sí go díreach mar seo: "Más mar sin atá an scéal, beidh lúcháir orm ag glacadh fáinne cumainn uait, agus tar éis a fhála geallaim go fírinneach duit go bpósfaidh mé thú dhá bhliain ón lá a bhéarfas tú dom é, gan lá chuige ná uaidh – is é sin, má bhíonn sinn saolach agus saor ó easpa sláinte".

"Mo ghrá thú!" ar seisean. "Is fada a bhí cathú i ndiaidh na geallúint sin agam, agus ná bíodh imní ar bith ort i dtaobh easláinte mar, maidir liom féin, ní baol daighe bior ná arraing dom nó go loitear an mathúin, mar a dúirt mé leat cheana, agus ní féidir sin a dhéanamh nó go n-éagfaidh sé le aois. Tá fios mo rúin agat anois," ar seisean, "agus ar do bhás ná lig le hais d'anála é. Caithfidh mise a bheith ag imeacht, agus nuair a fhillfeas mé ar ais beidh an fáinne liom. Sonas agus séan ort anois," ar seisean, agus tar éis na mbriathra sin bhailigh sé leis mar scal tintrí.

Ní túisce a bhí sé thar an tairseach ná bhí an seangán ina fhear, agus é ina shuí ar chathaoir óir.

"Anois, a chailín mhaith," ar seisean, "ní raibh aon dul amú orm nuair a dúirt mé leat gur galóg a d'inis sé duit i dtaobh an chrainn!"

"I nDomhnach," ar sise, "tugaim faoi deara anois nach raibh aon dul amú ort ach, mar sin féin, nach bhfuil mo bhuaireamhsa níos measa anois ná a bhí ó thús, mar nach bhfuil mé in ann cloí do chosantóir a bheatha – is é sin, an mathúin – agus nuair a bheas an lá cairde istigh nach gcaithfidh mé a phósadh? Agus, a ghrá, dá bhrí sin dá dhonacht maol is measa ná sin mullach!"

"A chailín bháin mo chroí," ar seisean, "fuair mise trí bhua tar éis mé do longsa a thréigeadh, agus d'fhóir dhá cheann acu dom. Tá an treas ceann le féachaint agam go fóill, agus dearbhaím duit nach ndéanfaidh mé stad, marbh ná cónaí nó go bhféachfaidh mé an treas bua sa Domhan Thoir – agus is é sin comhrac idir mé féin agus Mathúin na dTrí gCloigne, agus cloífidh mé é chomh cinnte agus atá mo dheaslámh ar mo cholainn."

"Muise, gairim saolach thú!" ar sise. "An bhfuil tú ag glacadh misnigh a dhul go dtí an Domhan Thoir? Más ar mo shonsa atá tú á dhéanamh sin, níor mhaith liom thú féin a chur i gcontúirt d'anama."

"Níl aon chontúirt dá bhaolaí nach fiú do ógánach féachaint le ainnir chiúin chumhra mar thusa a shaoradh; agus ná cuir níos déine orm anois, mar ní túisce a ghealfas an lá ná bhéarfaidh mise m'aghaidh ar an Domhan Thoir."

Níor labhair sí huth ná hath ina dhiaidh sin, ach bord bia a leagaint ina fhianaise, deoch agus anlann, agus maidir le sult agus slamairt ba dheacair a shárú, agus – leis an scéal a chríochnú – tar éis iad greadadh bia agus dí a ithe agus a ól leag siad a gceann tharstu agus chodail siad go socair sámh as sin go maidin. Ní túisce a gheal an mhaidin ná bhí seisean ina sheasamh ar ghiall na fuinneoige agus, mar a bhainfeá smeach as do mhéar, bhí sé ina sheabhac agus é in airde sa spéir; agus níor chúb sé sciathán ná níor lúb sé crúb nó gur thuirling sé sa Domhan Thoir; agus nuair a thuirling chum sé é féin i gcumraíocht gaiscígh ardfhearúil agus d'imigh sé leis ar fud na tíre ag tóraíocht aimsire. Ní dheachaigh sé i bhfad nó gur bhuail sé isteach i ngabhna an-leathan agus fairsingeacht mhór inti.

"I nDomhnach," ar seisean leis féin, "aithním de réir chuma na gabhna seo gur scológ atá ina chónaí timpeall na háite seo."

Ní túisce a bhí na briathra sin ráite ná bhuail fear isteach sa ngabhna. Dhearc an fear air go géar agus ar seisean leis, "Cé thú féin nó cé as ar tharla tú?

Mar nach bhfuil do dhealramh ná do scéimh i gcos-
úlacht le muintir na tíre seo".

"Och," ar seisean, "a dhearthráir mo chroí, is fear
mé atá ag imeacht ó ríocht go ríocht ag iarraidh aim-
sire, agus ní thig liom aon duine a fháil a chuirfeadh
aimsir orm."

"I nDomhnach, a bhuachaill ó," arsa an fear leis,
"tá call do leitheide ormsa, agus cuirfidh mise aim-
sir ort, i gceann tuarastal maith a thabhairt duit, má
bhíonn tú in ann an obair a chomhlíonadh de réir
mar a chuirfeas mise in iúl duit í."

"Muise, a dhuine chóir," arsa an buachaill leis,
"bhí claon agamsa le obair i gcónaí, agus ní miste
liom cén cineál oibre a mbeidh mé fruilithe ina
cionn, ach tuarastal a fháil agus suaimhneas oíche."

"Tá sin le fáil agat," arsa an fear, "agus is cóir
dom anois a chur in iúl duit an obair a bheas agat.
Tá céad torc in aon fhail amháin agam, agus bhéar-
faidh tusa amach ar maidin iad agus seolfaidh tú
romhat iad go dtí Coill na Smálaí Duibhe. Beidh tú
á mbuachailleacht ansin i rith an lae, agus má bhí-
onn an comhaireamh ceann leat tráthnóna bhéar-
faidh mise luach saothair maith duit, ach tabhair
faoi deara: má bhíonn aon cheann acu easpach beidh
craiceann do chinn mar bhairéad seilge agamsa lá
arna mhárach, i gceann do cholainn a bheith ina
luaithreamhán i bpúirín na háithe atá agam le hagh-
aidh na hócáide!"

Labhair Mac Mic an Iascaire, agus ar seisean, "Is

dian é do choinníoll, ach mar sin féin comhlíonfaidh mise m'obair lae, agus dearbhaím duit nach mbeidh ábhar casaoide agat."

"Sin é is maith liom," arsa a mháistir, "agus sula dtéimid níos faide sa gcaint tá sé chomh maith dom m'ainm a chaidreamh leat. Mise Rí na Smálaí Duibhe, agus tá an ríocht seo agus muintir na ríochta agamsa ar mo chomhairle féin, agus má shásaíonn tusa mé i do chuid oibre ní fheicfidh tú aon lá bocht anois i rith do shaoil.'

"Déanfaidh mé mo dhícheall, a rí," ar seisean, "agus má sháraíonn orm, dom féin is measa!"

Tar éis na mbriathra sin thug sé isteach chun an tí é agus leagadh faoi greadadh bia, dalladh dí agus neart anlainn. Tar éis é a ocras a chloí tugadh go seomra a chodlata é agus fuair sé leaba de scoth chlúmhach na n-éan, agus bhí sé chomh te teolaí inti go raibh múnóga allais ag titim de chomh mór le póiríní fataí, agus le méid an tromchodlata a bhí air de bharr a shócúil níor airigh sé an lá ag fáinneachan nó go dtáinig giolla an rí chuig an doras agus gháir sé os ard, "Bí i do shuí go tapa," ar seisean, "mar tá sé an dó dhéag sna clocháin!"

I nDomhnach, nuair a chuala sé glór an ghiolla níorbh fhalsóir é ag éirí, agus nuair a bhí úim na hoibre air shiúil sé amach, agus shiúil an giolla leis nó gur oscail sé doras na faile, agus nuair a d'oscail rith an céad torc amach mar shinneán gaoithe Márta, agus arsa an giolla leis, "Lean iad ar áit na mbonn, agus ní chromfaidh siad smut fúthu go sroichfidh siad Coill na Smálaí Duibhe, mar sin é an áit a bhfaigheann siad a mbeatha, ag ithe cnóite agus measra agus cnuas ar bith eile a chasfar leo".

Leis sin, rith Mac Mic an Iascaire ina ndiaidh mar a bhuailfeá ar an gcluais é, agus coisíocht ar choisíocht, ach ba 'in í féin an choisíocht, agus – leis an scéal gearr seo a ghiortú – nuair a shroich siad an choill rith na toirc isteach ag iarraidh cnuas dóibh féin, agus, nuair a chuaigh seisean ina ndiaidh bhí an choill chomh dubh dorcha sin agus nár léir dó an té a chuirfeadh méar ina shúil, agus ar seisean leis féin, "Tá mé giollachtaithe, mar caithfidh mé suí i mbun mo chosa agus cead reatha a thabhairt dóibh".

Shuigh sé ag bun crainn, agus ní raibh sé ina shuí baileach nó gur chuala sé búiríl uafásach, agus leis an neart a bhí le fuaim na búiríle chrith an talamh faoina chuid cosa. D'éirigh sé ina sheasamh, agus bhí na búiríle ag méadú.

"Ní tráth dá fhaillí é," ar seisean, agus leis sin chum sé é féin i gcumraíocht mathúna agus d'imigh sé leis ag dul in araicis an bheithígh bhroghaigh a bhí ag búiríl; agus ní dheachaigh sé rófhada nó go dtug sé faoi deara an mathúin a raibh sé ar a thóir ag nochtadh chuige; agus ba é an solas a bhí ag soilsiú i súile an mhathúna a thug léargas dó tríd an gcoill, mar tá sé ráite go raibh cúig súile i gcloigne an mhathúna seo – is é sin, dhá shúil i ngach aon

40

cheann den dá chloigeann colbha agus aon súil amháin sa gcloigeann láir, agus bhí coinneal nimhe i ngach uile shúil acu, i riocht gur scaip siad lóchrann solais go bpiocfá bioráin bheaga le gile an tsolais.

Sa tráth céanna bhí Mathúin na dTrí gCloigne ag deasú leis na toirc, agus lena cheapadh ó ár a dhéanamh orthu chuaigh sé roimhe ar a bhealach; agus nuair a chonaic mathúin na gcoinneal nimhe an mathúin eile seo níor bhac sé leis na toirc ach thug sé sodar chun cinn leis an mathúin a alpadh, agus ba mhaith an mhaise don mhathúin daonna é: d'ionsaigh sé Mathúin na dTrí gCloigne go borb colgach fíochmhar fíochta cróga calma neartmhar baolach agus an-fhuilteach; agus nuair a d'fhostaigh siad a chéile ní raibh a leitheide de throid ó thiar an domhain go dtí thuar an domhain agus a bhí eatarthu, mar rinne siad bogán den chruatán agus cruatán den bhogán, d'ísligh siad na hardáin agus d'ardaigh siad na fánáin le méid a nirt, a lútha, a n-aclaíochta agus troimeacht a gcolainne, agus – le scéal gearr a dhéanamh den scéal fada – bhíodar ag tabhairt dá chéile ar an gcuma sin go dtí smál na hoíche, agus le linn an trátha sin bhí ceann de na cloigne colbha scoite den mhathúin; agus ar an móiméid chuaigh an solas as agus d'éalaigh sé ar siúl i ndorchadas na coille.

Leis sin, rinne an mathúin seo fear de féin agus shiúil sé amach as an gcoill le fionnuaras a fháil, mar bhí sé ina chall, agus a fhad is a bhí sé ag fáil fóirithine tháinig an comhaireamh ceann de na toirc as an gcoill, agus shiúil siad roimhe chomh socair suaimhneach le uan caorach nó gur chuir sé isteach sa bhfail iad, agus chomh luath géar agus a bhí doras na faile dúnta aige bhí an rí lena shála.

"Tá tú ann?" arsa an rí leis.

"I nDomhnach, tá," ar seisean, "an lá céanna a d'imigh mé!"

"An bhfuil an comhaireamh ceann abhaile leat?" arsa an rí.

"Tá," ar seisean, "agus cad as nach mbeadh?"

"M'anam gur maith thú," arsa an rí, "agus beidh a shliocht ort. Íocfaidh mise go maith thú ar son do chuid oibre má éiríonn leat amárach agus arú amárach."

Leis an scéal seo a chríochnú, fuair an buachaill bia agus deoch agus sócúl oíche, agus ní túisce a gheal an lá ná bhí sé ina shuí, agus sheol sé roimhe an sealbhán torc. Casadh an mathúin leis sa gcoill. Bhí troid fhuilteach eatarthu agus d'éirigh leis le linn an chlapsholais an dara cloigeann a bhaint den mhathúin.

Tar a éis sin d'éalaigh sé uaidh i ndorchadas na coille, agus thug sé abhaile na toirc, agus ní túisce a bhí sé sa ngabhna ná bhí an rí ina chuideachta.

"An bhfuil siad leat?" arsa an rí.

"I nDomhnach, tá," ar seisean, "is cad chuige nach mbeadh?"

Ní dhearna sé ceo na fríde ach a thabhairt leis chun an tí, agus bhí bord bia agus dí leagtha ina fhianaise nár bhréag bord bia a thabhairt air.

Tar éis é a sháith a ithe chuaigh sé go dtí a sheomra, mar theastaigh sócúl oíche uaidh, agus, gan déidearbhú ar bith, chodail sé ar a sháimhín só, agus bhí a chall sin air, mar bhí sé sladta de bharr dócúil troda ar feadh dhá lá; ach mar sin féin ní raibh deireadh lena chuid troda an tráth sin, mar tar éis é béile na maidine a chaitheamh an treas lá ghluais sé féin agus a thréad torc chun na coille, agus ar an móiméid a tháinig sé go dtí ciumhais na coille bhí an mathúin roimhe agus an choill go hiomlán faoi lóchrann aige, mar bhí na cúig coinnle réamhráite lasta ar thobar a bhaithise; agus thug sé áladh ar na toirc le greadlach a dhéanamh díobh; ach sula bhfuair sé faill sin a dhéanamh bhí greim geoc ag an mathúin daonna air – agus ní raibh sa troid a bhí acu an dá lá roimhe sin ach caitheamh dartacha ar ghualainn na troda a bhí acu an treas lá, mar bhí an dá mhathúin ag troid ar son báis nó beatha, agus níor mhór don mhathúin daonna an dá bhua eile a bhí aige, mar nuair a bhí an troid ag dul rite leis ghníodh sé seangán de féin, agus a fhad is a bhí sé ina sheangán bhí sé in ann a scríste a dhéanamh, agus d'ionsaíodh sé arís é go fíochmhar borb; agus de réir mar a theannaigh a chruóg air d'éiríodh sé in airde ar dhroim an mhathúna ina sheabhac; agus, le dhá fhocal a chur in aon fhocal amháin, mhair an troid eatarthu go raibh an lá ag diúltú dá sholas agus an oíche ag scaipeadh néalta dorcha i riocht gur mhúch sí solas an lae; agus le linn an trátha sin scoith sé an treas ceann den mhathúin ó bhun na diúide agus bhí treis agus bua aige, agus ní fearr ná a shaothraigh sé é.

Tar a éis sin rug sé ar an gcloigeann agus rinne sé dhá leath chothroma de, agus fuair sé an spras fola a thionscain a thuras go dtí an tír sin. Chuir sé an spras fola go cúramach i bpóca a ascaille agus thug sé roinn de lom fola an mhathúna i bhfleasc; agus ar bhuille boise sheol sé roimhe a thréad torc go dtí gabhna an rí, agus bhí an rí ansin ag fuireacht leis, mar sheas sé ag doras na faile gur chomhair sé na toirc ceann ar cheann i riocht go mbeadh sé cinnte an raibh an comhaireamh ceann leis; agus tar éis a gcomhairimh rug sé greim dhá láimh ar Mhac Mic an Iascaire agus chroith sé go talamh iad; agus arsa an rí leis, "Is tusa an fear is fearr a casadh ormsa nó ar m'athair riamh, mar, a dhuine chóir, ós duitse atá mé á insint, is tusa an céadú buachaill a cuireadh go dtí Coill na Smálaí Duibhe ó am go ham, agus níor tháinig aon duine acu ar ais; agus caithfidh bua cumhachtúil eicínt a bheith agat, mar tá a fhios agam gur casadh leat Mathúin na dTrí gCloigne; agus, a ghrá, tá an tír seo creachta coscartha ag an mathúin sin le cuimhne na ndaoine".

"A rí," ar seisean, "casadh liom é agus ní dheachaigh leis, mar tá sé marbh; agus dearbhaím duit nach gcuirfidh sé iarghnó ortsa ná ar aon duine ar bith eile go deo na ndeor."

"Más mar sin atá an scéal," arsa an rí, "bhéarfaidh mé m'iníon duit mar chéile – is í sin Cúl Feamainneach – agus i gceann an méid sin beidh mo ríocht agat tar éis mo bháis!"

"A rí eagnaí," ar seisean, "tá mé róbhuíoch díot ar son do thairiscint, d'ainneoin go gcaithfidh mé a diúltú, mar tá fáinne cumainn idir mé féin agus ríon óg; agus mar gheall ar an ríon sin a tháinig mé chun na tíre seo, agus feiceann tú anois go bhfuil ábhar agam Cúl Feamainneach a eiteach."

"Is maith liom," arsa an rí, "gur fear de d'fhocal thú, agus ó tharla nach bhfuil mian agat fanacht bhéarfaidh mise luach saothair duit in éiric a bhfuil déanta agat."

"Ní ghlacfaidh mé ceo na fríde uait den taca seo," ar seisean, "ach má fhillim athuair tá mé cinnte go mbeidh tú i do charaid lách agam."

"Gan déidearbhú ar bith," arsa an rí, "beidh mé, agus má bhíonn místainc ar bith idir tú féin agus do shearc, tapaigh chugamsa agus fóirfidh mé ort.'

"Tá mé buíoch díot, a rí," ar seisean, "ach anois caithfidh mé a bheith ag imeacht, mar ní tráth dá fhaillí é," agus mar smeach do mhéire d'éirigh sé in airde ina sheabhac sa spéir; agus – leis an scéal a ghiorrachan – níor chúb sé sciathán ná níor lúb sé crúb nó gur thuirling sé ar ghiall na fuinneoige i gcathair an fhathaigh mhóir, agus nuair a thuirling bhí an ríon ina suí i gcathaoir óir; agus d'ardaigh sí an fhuinneog agus ar leagan do shúl léim an seabhac isteach, agus bhí sé ina fhear ar bhuille boise; agus ní bréag a rá gur mhúch sí le deora é, fhliuch sí le póga é agus thriomaigh sí le brata síoda agus sróil é.

Tar a éis sin chaith siad béile bia agus thosaigh an chaint agus an comhrá eatarthu; agus tabhair faoi deara, an chéad lá a thosaigh an troid idir an dá mhathúin gur ghlac an fathach taom tinnis, i riocht go mb'éigean dó luí faoi na scuillí, agus de réir mar a bhí an mathúin á chloí bhí an fathach ag éirí níos laige gach lá agus – leis an scéal a ghiorrachan – bhí clothar an bháis ina scornach le linn an ama seo; agus chuir Mac Mic an Iascaire culaith lia air féin agus shiúil sé isteach i seomra an fhathaigh; agus dúirt sé leis an bhfathach go mba lia é a bhí in ann gach uile ghalar a leigheas.

"Má leigheasann tú mise," arsa an fathach, "beidh tú i d'fhear saibhir a fhad is a mhairfeas tú beo."

Ní dhearna an "lia" ceo na fríde ach an fleasc a raibh an fhuil ann a bhaint as a phóca agus thug sé braon beag den fhuil le n-ól don fhathach, agus tar éis é a ól fuair sé réidh an achair beag, i riocht gur shuigh sé aniar sa leaba ag caint leis an "lia"; agus arsa an "lia" leis, "A dhuine chóir, an bhfuil dochar dom a fhiafraí díot cad é an tsiocair a fuair tú i dtaobh an taom tinnis seo a ghlacadh?"

"Lig mé mo rún le ainnir uasal, mar shíl mé go gcoinneodh sí rún, ach de réir an bhail atá ormsa faoi láthair lig sí mo rún le gaoth, i riocht gur cloíodh i gcóir nó in éagóir cosantóir mo bheathasa."

"Dona go leor!" arsa an "lia".

"Tá sé dona, agus an-dona, faraor," arsa an fathach, "agus bundún teanga agus preabadh croí go raibh ar fhear ar bith sa domhan a ligfeas a rún le bean, is cuma cén grá nó cion atá eatarthu!"

"Á," arsa an "lia", "bíonn na mná i gcónaí gcónaí cleasach glic, ach ná bac leis an méid sin, mar leigheasfaidh mise thú; agus anois, a ghrá, inis dom cén áit is déine a bhfuil bior na daighe ort."

"An áit is déine," arsa an fathach, "a bhfuil daigh orm faoi láthair, go díreach anseo faoi bhun m'ascaille."

Ar an toirt chuimil an "lia" beagáinín den fhuil os cionn na háite a raibh an daigh, agus fuair sé fóirithin ar bhuille boise, agus "Mo ghrá thú," ar seisean leis an "lia", "cuimil tuilleadh den mhionbhach sin orm".

Thosaigh sé ag cuimilt ar a lándícheall nó go dtug sé an ball dobhráin faoi deara, agus nuair a thug dúirt sé leis an bhfathach a lámh a ardú in airde i riocht go mbeadh sé in ann cuimilt mhaith a thabhairt dó; agus ní túisce a bhí an lámh in airde ná bhuail sé an spras fola ar an mball dobhráin, agus, mar smeach do mhéire, maraíodh an fathach; agus nuair a maraíodh ba é luas a chosa a thug é féin agus Gruthbhán na Mara as teach an fhathaigh, mar ní baileach a bhí siad thar chloch na tairsí ná gur thit an chúirt faoi thalamh, mar ba í draíocht an fhathaigh a choinnigh an chúirt ina seasamh; agus nuair a d'éag an fathach bhí Gruthbhán saor óna cuid

geasa, agus deirimse libhse go raibh bród agus áth-
as croí ar an mbeirt i dtaobh an fathach a bheith
smiogtha; agus d'imíodar leo i mbarr na bhfáscaí,
agus deirimse leatsa nár fhás mórán féir ná uisce
faoina gcosa nó gur shroich siad bruach na farraige;
agus nuair a shroich bhí an long faoi sheolta ag fuir-
eacht leo, agus is í sin an long chéanna a rabhadar
inti i dtús a n-óige.

Chuaigh an lánúin ar bord loinge, agus nuair a
chuaigh d'ullmhaigh siad iad féin i gcomhair na
seoltóireachta fada, agus an-fhada, a bhí rompu, mar
thug siad tosach na loinge ar mhuir agus a deireadh
ar thír. Níor fhág siad téad tíre gan tarraingt, cábla
gan scoradh, liagán gan chasadh, halmadóir gan
bhogadh, cnoga gan lúbadh, maide rámha gan staon-
adh, clorda gan bhriseadh, clár ceangailt gan scaoil-
eadh, naprún gan chasadh, cambadh gan staonadh,
gur ardaigh siad a seolta beaga, seolta móra, a gcuid
seolta bocóideacha bacóideacha comhfhada comh-
aerga faoi bharra na gcrann go raibh leo iomramh
dháréag, stiúradh dhá chéad, trian siúil, dhá dtrian
seoil, gur threabh siad an fharraige go folcanta fal-
canta ag cur cúr bán in íochtar agus clocha móra in
uachtar, an fharraige glas rompu, dearg ina ndiaidh,
ag caitheamh na míolta móra de bharr na dtonn le
neart siúil agus seoil, agus bhí sin leo, ceol binn agus
glinn, mar nach raibh éan sa Domhan Thoir nach
raibh leo ar bhois na maidí rámha, gur bhuail siad
cuan agus cladach ag Binn Éadair in aice Mhaigh

nEalta. Nuair a bhuail siad cladach chuir sé méar ar thosach agus dheireadh na loinge gur chuir sé isteach í naoi n-acra, naoi n-adhtra gan truisle gan tuirlingt, gur tharraing sé í faoi scáth crainn san áit nár bhaol di grian á pléascadh, gaoth á réabadh ná clocha beaga á stialladh nó á lot.

Bhí go maith agus ní raibh go dona. D'imigh an lánúin ar aghaidh ó dheas tríd an tír agus tar éis scaitheamh coisíochta chuir siad fúthu i mbaile beag, agus pósadh an lánúin tar éis iad ráth rí a chur ar bun; agus tá sé ráite gur mhair siad blianta móra fada i gceann a chéile faoi ádh agus amhtar, séan agus sonas, agus i gceann an méid sin bhí muirín mhór chlainne acu, i riocht gur shíolraigh an bunadh sin ón tráth a bhfuil mé ag caint faoi nó gur cuireadh an ruaig orthu aimsir na Gallteorann; agus tugadh mar ainm ar an áit ar chónaigh Mac Mic Iascaire Buí Luimnigh "Luimneach Beag".

Tá an scéal seo agaibh mar a bhí sé agamsa agus tá sé agamsa mar a bhí sé ag na sean-seanchaithe, agus nuair a chuala mise an scéal bhí mé sásta leis, agus is duine doshásta nach sásódh an scéal seo é. Nuair a pósadh an lánúin rinneadar bainis, agus thriall mé le dhul ag geamaireacht, agus nuair a bhí mé scaitheamh den bhealach loic mé, mar thit an trioll ar an treall orm agus b'éigean dom filleadh gan blas de bhollóg na bruinnille!

NÓTA EAGARTHÓRA

Chuir an seanchaí a lán abairtíní ar nós "a ghrá" agus "a chomhluadair" leis an scéal agus é á insint. Glanadh iad sin as an eagrán nua seo. Ní cuid den scéal iad, agus lena chois sin is mó de chuma scripte le haghaidh aisteora a chuireann a leithéidí ar théacs ná de leabhar lena léamh.

Cloíodh leis an litriú caighdeánach san eagrán seo, ós air atá taithí ag an gcuid is mó den phobal faoin am seo – ag an nglúin óg go háirithe. Treoir neamhfhoirmiúil d'fhuaimniú focal agus litreacha áirithe:

bheadh = "bheith"
boladh, foscadh = "balú," "fascú"
buaireamh, dealramh, léamh = "buairiú," "dealrú," "léú"
cad é = "goicé" – *cf.* "goidé"
cluichearnacht = "cluifearnacht"
corraí = "corrú"
de réir = "léir"
díobh, dóibh, leo = "díofa," "dófa," "leofa"
dúiseacht = "dúsacht"
dubh ná dath = "duth" ná dath
gnóthach = "graitheach"
i mo/do = "in" mo/do
riamh = "ariamh"

sula, sular = "sul má," "sul mar"
thabharfainn = "thiúrfainn"
tosach, thosaigh, srl. = "toiseach," "thoisigh," srl.

Ar ndóigh, bainfidh muintir Mhaigh Eo taitneamh as an gcanúint, agus cuirfidh cainteoirí Gaeilge as áiteanna eile spéis inti. Ar mhaithe leis an bhfoghlaimeoir, áfach, seo a leanas liosta de roinnt leaganacha canúna nó truaillithe atá fágtha sa téacs, maille le hiarracht an leagan caighdeánach a sholáthar:

ábhaillíocht	ábhaillí (súgradh)
ach beag	ach murarbh ea, ach gurbh é
a chois	de chois
adhtra	eitre (malairt an ruda is iomaire ann)
áin	áil (mian)
amhtar	amhantar (ádh, éadáil)
anamhóir	anbhuain (míshuaimhneas)
araid	ortha (*charm*, *spell*)
béicíle (gin.)	béicíola
b'fhacthas	chonacthas
bochtanas	bochtaineacht
breáichte	breáthacht
búiríle (gin.)	búiríola
caraid	cara
carthanas	carthanacht

ceangailt (gin.)	ceangail
ceathaire	ceathair (ainmhí ceithre
	chos)
cláraí	clá(i)r
clorda	clord (tochta, *thwart*)
clothar	glothar
clúmhach	clúmh
cnóite	cnónna
comhalladh	comhall (comhlíonadh)
cosain	cosain, coigil
craobha	craobhacha
cumhachtúil	cumhachtach
dailtean	deardan (aimsir gharbh)
darna	dara
dartacha	dairteanna
déidearbhú	éidearbhú (bréagnú)
Dia raisias	*Deo gratias*
diúid	dúid (muineál, stumpa)
dorchadas	dorchacht
eadarascáin	eadráin (idirghabháil,
	réiteach)
ealaíonta (iol.)	ealaíona
eicínt	éigin
eiteal	eitilt
fáinneachan	fáinniú
faitíosa (gin.)	faitís

fanúint	fanacht
fionnuaras	fionnuaire
feancadh	feacadh (lúbadh)
fóirithin	fóirithint
foraíocha (iol.)	fabhraí (*eye-lashes*)
gabhna	gabhann (*pound, compound*)
na gabhna (gin.)	an ghabhainn
geallúint	gealltanas
geoc	geocán (píobán garbh, *trachea*)
ghníodh	dhéanadh
giorrachan	giorrú
intlíocht	intleacht (clisteacht)
iorlach	iolar
leagaint	leagan
leitheide	leithéid
liagán	lián (*paddle*)
ligint	ligean
lútha (gin.)	lúith
marfa	maraithe
místainc	stainc (aighneas, *grudge*)
móiméid	móimint
nádúir	nádúr
rachmallach	rachmasach

roinn, ranna	roinnt, roinnte
rois (gin.)	rosa
saoisleog	saoisteog (suíochán bog íseal, *pouf*)
scarúint	scaradh
scoradh	scor
scríste	scíth
shámh	shámhaigh
sinneán	soinneán (rois, *blast*)
soiléartha	soiléir
spaigín	spaga beag, sparáinín
spras	sprais (deoir, braon)
stroncadh	stangadh (lúbadh *agus* a mhalairt!)
tairiscint (gin.)	tairisceana
talúna	talún
tanaiste	tanaithe
teannaigh	teann
téirigh	téigh
tigeann	tagann
tíocht	teacht
treathar	tarathar (*auger*)
tréigeadh	tréigean
tréithre	tréithe
tréithríocht	tréitheachas
troimeacht	troimeacht
truisle	tuisle

túnadh tafann (tathant?),
tonnadh?

uachta uacht

D'úsáid an scéalaí níos mó ná leagan amháin de chuid de na focail. Cloíodh leis an leagan ba choitianta nó ba loime simplí san eagrán seo, ach amháin i gcás ghinideach iolra an fhocail *tonn*. *Tonntracha* a leagan féin i dtús an scéil, ach fágadh sa "chaithréim" thraidisiúnta a aithriseann sé ina dheireadh an leagan a bhí de ghlanmheabhair aige inti sin, *tonn*.

Tá ár mbuíochas ag dul do Phádraig Ó Láimhín – atá ag múineadh i Scoil Phádraig Naofa, Ceathrú Mhór Leacan – an té a thionscain Coiste Éigse Mhic Ruairí agus a thóg air féin an leabhar seo a chur á fhoilsiú. Ba mhaith liom buíochas a ghabháil leis an Leabharlannaí Contae, Pat McMahon, agus a fhoireann i Leabharlann Uí Mháille, Caisleán an Bharraigh, as a gcabhair.

Pádraig de Barra